Weihnachtszeit ist Wendezeit

Es war einmal vor langer Zeit … da war das Leben der Menschen noch geprägt von der Landwirtschaft und eng mit den Zyklen der Natur verbunden. Damals waren die Winter still, kalt und dunkel, denn die Arbeit auf den Feldern ruhte und es gab weder Zentralheizung noch elektrisches Licht. Es war die Zeit, in der sich die Menschen ins Haus vor das warme Herdfeuer zurückzogen, so wie sich auch die Natur jedes Jahr zurückzieht. Das Martinsfest am 11. November markierte in der bäuerlichen Gesellschaft das Ende des Wirtschaftsjahres, und es ist kein Zufall, dass am 30. November auch das Kirchenjahr zu Ende geht. Zwischen dem Ende des alten und dem Beginn des neuen Jahres lag so die Adventszeit. In der Adventszeit erreicht das Sonnenjahr seine dunkelste Phase – aber mit der Wintersonnenwende zugleich den Zeitpunkt, ab dem die Tage wieder länger werden.

Diese dunkle Zeit des Übergangs hat den Menschen schon immer Furcht eingeflößt, denn viel mehr als heute waren sie den Naturgewalten ausgesetzt, der Kälte, der Dunkelheit, den Stürmen und den guten und bösen Geistern. Deshalb haben die Menschen versucht, die Finsternis, die Ungewissheit mit etwas zu füllen, um sie zu verscheuchen: mit Opferbräuchen und Übergangsriten, mit Lichterfesten und Lärm, mit Bannsprüchen und Orakeln. Lange bevor die christliche Religion das Weihnachtsfest etablierte und neue Riten für diese Zeit erfand und lange bevor die hell erleuchtete Moderne auch die letzten Geister vertrieben hatte, gab es die sogenannten »heidnischen« Sitten und Gebräuche, die tief verwurzelt waren in der keltischen und germanischen Kultur. Viele unserer lieb gewordenen Weihnachtsbräuche haben hier ihren Ursprung, ohne dass wir uns dessen bewusst sind. Warum stellen wir Tannenzweige ins Haus? Warum küssen wir uns unter dem Mistelzweig? Was hat es mit den Raunächten auf sich? Und wer ist eigentlich Knecht Ruprecht? – Finden Sie es heraus!

2

DER ABEND KOMMT VON WEIT GEGANGEN

Der Abend kommt von weit gegangen
durch den verschneiten, leisen Tann.
Dann presst er seine Winterwangen
an alle Fenster lauschend an.
Und stille wird ein jedes Haus:
Die Alten in den Sesseln sinnen,
die Mütter sind wie Königinnen,
die Kinder wollen nicht beginnen
mit ihrem Spiel. Die Mägde spinnen
nicht mehr. Der Abend horcht nach innen,
und innen horchen sie hinaus.

Rainer Maria Rilke

IN DER DUNKLEN ZEIT

»Es stockt der Rhythmus der Natur. Die Nacht wird länger und der Tag lässt auf sich warten. Der Äther gehorcht seinem Gesetz nicht mehr, und das sausende Firmament erstarrt, sobald es die Zaubersprüche hört. Jupiter, der das Himmelsgewölbe antreibt, das sich auf seiner schnellen Achse dreht, ist erstaunt, dass es sich nicht bewegen will. Einmal füllen die Hexen alles mit Regen, hüllen die wärmende Sonne in Wolken, und es donnert am Himmel, ohne dass Jupiter davon weiß.«

Lukan, Pharsalia IV

Das Julfest

Das Christentum gibt es bekanntlich seit 2000 Jahren. Etwa im 8. Jahrhundert wurde es durch Missionare in unseren Breiten eingeführt. Aber die Menschen hier hatten schon seit Jahrhunderten ihren eigenen Glauben und waren nicht ohne Widerstand bereit, ihn aufzugeben. Die Kelten, Germanen und Wikinger waren, genau wie ihre Götter, ein raues Volk, das sehr naturverbunden lebte und gerne feierte. Und siehe da – sie feierten auch Weihnachten! Nur hieß es nicht Weihnachten, sondern »Jul«, es wurde die Wiederkehr des Lichts gefeiert und mit allen Freunden und Verwandten mit reichlich Julbier angestoßen. Ein einheitliches Datum scheint es nicht gegeben zu haben, gefeiert wurde zwischen Wintersonnenwende und Mitte Januar. Die Feierlichkeiten dauerten bis zu 14 Tage und hatten den Charakter eines Opferfestes. Ein Raum wurde festlich geschmückt, es wurde reichlich Essen aufgetischt, es wurde getanzt, und manchmal wurde ein Opfertier durch die Reihen geführt, oft ein Julbock, der in Skandinavien heute noch aus Stroh zur Dekoration zu finden ist, oder ein Juleber. Das Reittier des germanischen Gottes der Sonne, des Lichtes und der Fruchtbarkeit, Freyr, war nämlich ein Eber mit goldenen Borsten, der »Gullinbursti« genannt wurde. Freyr wurde zur Zeit der Wintersonnenwende und zum Julfest gefeiert. Dann berührte man das heilige Tier und legte einen Schwur oder ein Gelübde ab, das sich auf die Zukunft bezog. Vor allem aber wurde Bier getrunken – viel Bier, denn der heilige Rausch zu Ehren Odins oder Freyrs war Pflicht. Daran änderte sich auch nichts, als die ersten christlichen Missionare und Priester zwischen den Feiernden saßen und versuchten, den Heiden ihre eigenen Riten unterzujubeln. Die Nordmänner machten ein paar Zugeständnisse – brauten ein extra wässriges Bier für die Christen, verbannten die Frauen auf die hinteren Plätze –, aber ohne Bier und ausgelassenes Feiern ging es nun mal nicht. Und so existierten die beiden Traditionen lange Zeit nebeneinander, das handfeste Julfest und das vergeistigte Christfest.

4

Die heilige Barbara, die Bärbeles und der Fruchtbarkeitszauber

Der 4. Dezember ist der heiligen Barbara gewidmet. Der Legende nach wurde sie von ihrem eigenen Vater verraten, weil sie zum christlichen Glauben übergetreten war. Sie landete im Kerker, wo sie einen vertrockneten Kirschbaumzweig ins Wasser stellte, und ein Wunder geschah: Der tote Zweig fing plötzlich an zu blühen. Genutzt hat es ihr zwar nichts – sie wurde trotzdem hingerichtet –, doch eignete sich diese Legende hervorragend, um sie mit einem eher heidnischen Fruchtbarkeitszauber zu verbinden, der bei der Landbevölkerung schon lange im Gebrauch war: Am 4. Dezember wurde ein Obstzweig geschnitten und an einen warmen Ort ins Wasser gestellt. Die Anzahl der Blüten zu Weihnachten ließ dann Rückschlüsse zu über eine gute oder weniger gute Obsternte im kommenden Jahr. Die Barbarazweige dienten aber auch als Orakel für ganz anderen Angelegenheiten. So stellte man für jedes Familienmitglied

einen Zweig ins Wasser, und wessen Zweig an Weihnachten am schönsten blühte, dem winkte im neuen Jahr das Glück. Auch heiratswillige Mädchen befragten das Orakel nach potenziellen Ehemännern: Der Kandidat, dessen Zweig zuerst erblühte, machte das Rennen!

Auf einen heidnischen Fruchtbarkeitszauber, das »Pfeffern« oder »Fitzeln«, geht auch das Bärbeletreiben im Oberallgäu zurück: Am 4. Dezember verkleiden sich junge, unverheiratete Frauen mit Masken, Kittelschürzen und Kuhglocken und bewaffnen sich mit Weiden- und Birkenruten. Mit diesen fegen sie die Straßen und »schlagen« die Passanten – und übertragen so die Lebenskraft der Zweige auf die »Geschlagenen«. Mit der heiligen Barbara hat das natürlich nichts zu tun. Die Bärbeles sind vielmehr das Gegenstück zu den Klaubaufen, Perchten und Klausen, die ebenfalls durch die Adventszeit geistern.

5

ADVENT

Die Zeit schläft. Sie hat sich in die Federflaumen des Schnees oder in die Schlafhaube der Dezembernebel vermummt und fröstelt in Fieberträumen. Nur wenige Stunden des Tages schlägt sie die trüben Augen auf, erwartungsvoll ausblickend nach des Verheißenen Ankunft. Advent! – So kann's nicht bleiben, anders muss es werden – aber wer soll denn kommen? Der Erlöser, sagt der Prediger; der Jahrlohn, sagt der Dienstbote; die Weihnachtsgabe, sagen der Arme und das Kind; die Feiertage mit dem Christbraten, sagt der Bauer.

Und – Apollo, der Sonnenwender, sagt die Zeit. Wahrhaftig, die Sonne ist lahm und siech, die vermag gar nicht mehr hochzusteigen; sie spaziert ihre paar Stündlein des Tages dort über den beschneiten Berghalden hin und hüllt sich dicht in Nebelmäntel, dass sie sich ja nicht erkälte. Jeder Strauch hat sich eine weiße Decke über die Ohren gezogen; jeder Baum hat sich eine weiße Pelzhaube machen lassen – weiß ist sehr in Mode. (…) Nach dem Frühstück gehen die Knechte hinaus in den Wald; auch die eine oder die andere Magd, die höhere Strümpfe hat, als der Schnee tief ist, muss mit. Sie sägen Bäume um, glatt am Rand natürlich, aber kommt nur erst der Sommer, so zeigen die mannshohen Strünke, wie hoch im Advent der Schnee gelegen ist. Die Ammerlinge und Häher zwitschern auf den Wipfeln ihre Winternot und kratzen Schneestaub nieder auf die Holzarbeiter, oder es stürzen Schollen herab, sodass sich die Leutchen mühsam aber lachend aus dem Schneestaube wühlen müssen. Und wenn's erst stürmt, dass die gefrorenen Stämme winseln und krachen, dort und da ein Wipfel niederfährt und der scharfe Schneestaub saust, dass der Hansel die Kathel nicht mehr sieht und nach ihr mit den Fingern muss greifen, ob sie der Wind wohl nicht schon davongetragen hat – so ist das ein »saggrisch verteufeltes« Brennholzschlagen.

Die daheim haben es besser. Die legen das Holz des winterstürmischen Waldes in den Ofen und spinnen Garn und singen »Frauengesänge« und erzählen sich Märchen und plaudern und kichern.

Peter Rosegger

6

Wilde Gesellen

Bevor der heilige Nikolaus zum Gabenbringer der Kinder wurde und am 6. Dezember seine Runden drehte, waren andere unterwegs: zum Beispiel der Nussmärtel, ein vermummter Radaubruder, der in Bayern schon im November in stürmischen Nächten unterwegs ist und Haselnüsse an die Kinder verteilt. Oder der Klaubauf, eine wilde Gestalt im Zottelfell, die in Tirol zwischen dem 4. und 6. Dezember mit einem Höllenlärm durch die Straßen springt. Mancherorts im Alpenland treiben auch die Krampusse, die Pelzmärtel oder in der Schweiz die Schmutzlis ihr Unwesen. Allen gemeinsam ist, dass sie wilde, finstere Gestalten sind, in Pelz gehüllt, mit gehörnten Holzmasken und mit Schellen behängt. Sie vertrieben einst die bösen Geister des Winters und boten den jungen Männern in den Dörfern gleichzeitig die Gelegenheit, sich mal so richtig auszutoben und mit den Mädels anzubandeln. An diese Tradition knüpfen die heutigen Krampusläufe wieder an, die meist am Vorabend des Nikolaustages in Süd-

deutschland, Österreich und Tirol stattfinden. In Berchtesgaden in Bayern ziehen die Buttnmandeln und Ganggerln von Haus zu Haus. In Schwaben gibt es den »Rasselbock« und im Rheinland den »Hans Muff«, und dann ist da natürlich der »Knecht Ruprecht«, der seit Theodor Storms Gedicht in ganz Deutschland bekannt ist. Ihre genaue Herkunft ist unbekannt, aber für die christliche Kirche waren sie alle des Teufels. Da es nicht gelang, die heidnischen Bräuche auszurotten, wurden sie einfach dem christlichen Brauchtum angepasst, und so treten die wilden Gesellen heute meist als finstere Begleiter des heiligen Nikolaus auf: Nikolaus ist der Gute, der die milden Gaben ins Stiefelchen füllt, und Knecht Ruprecht ist der Böse, der Kinderschreck, der mit Kette, Sack und Rute ausgerüstet jahrhundertelang von den Eltern als Erziehungshelfer missbraucht wurde: Wer nicht brav ist, kommt in den Sack.

7

Immergrün: Schutz vor bösen Geistern

Lange vor Adventskranz und Weihnachtsbaum holten die Menschen sich im Winter immergrüne Zweige ins Haus. Als Symbol der immerwährenden Lebenskraft wurden Tannen- und Fichtenzweige, Efeu, Stechginster, Wacholder und Buchsbaum im Haus oder über der Haustür aufgehängt, um die bösen Geister, die sich in den Winternächten besonders wild gebärdeten, fernzuhalten. Gleichzeitig gewährten sie den guten Geistern einen Unterschlupf für den Winter. Dabei kam den einzelnen Pflanzen unterschiedliche Bedeutung zu. Die Eberesche galt als Glücksbaum, die Eibe konnte böse Geister und Dämonen bannen (»Vor Eiben kann kein Zauber bleiben«). Die Zweige der Fichten und Tannen hielten Hexen fern, denn nach einer alten Zauberregel mussten sie erst alle Nadeln am Zweig zählen, bevor sie eintreten durften. Und auch Hildegard von Bingen wusste um die Zauberkraft der Tanne: »Denn an welchem Ort auch immer Tannenholz ist, hassen es und meiden es die Luftgeister mehr als andere Orte, und Zauber und Magie haben dort weniger Kraft.« In England werden bis zum heutigen Tag die Häuser vor Weihnach-

ten mit Stechpalmen und Efeu (»holly and ivy«) geschmückt. Die Stechpalme war den Kelten heilig, sie war ein Symbol für Tod und Wiedergeburt und wurde am Tag vor der Wintersonnenwende gepflückt, dem »holly day« (aus dem später der »holy day«, heilige Tag, und schließlich der »holiday«, der Urlaubstag, wurde).

Die Mistel war den Kelten ebenfalls heilig. Sie war angeblich direkt vom Himmel gefallen, hatte also keine Wurzeln, sondern wuchs auf Bäumen, und außerdem trug sie ihre Früchte zu einer magischen Zeit, nämlich zur Wintersonnenwende. Während der Sonnenwendfeiern wurden die Misteln von ehrwürdigen Druiden in weißen Gewändern mit goldenen Sicheln von den Bäumen geschnitten. Dabei durften die Misteln auf keinen Fall zu Boden fallen, da sie sonst ihre Zauberkraft verloren. Anschließend wurden die Mistelzweige in den Häusern aufgehängt. Sie galten nicht nur als glücksbringend und als starker Abwehrzauber gegen Dämonen, sondern vor allem als Friedenssymbol. Feinde, die sich unter dem Mistelzweig trafen, mussten sich versöhnen – hier liegt der Ursprung des angelsächsischen Brauches, sich unter dem Mistelzweig zu küssen!

WER KLOPFT?

Die Klopfnächte, auch Anklöpferle, Bosselnächte, Säcklestage oder Klöckeabende genannt, sind ein alter, vor allem in Süddeutschland und im Alpenraum weit verbreiteter Brauch. Darunter versteht man die ersten drei Donnerstage vor Weihnachten, an denen Gruppen von Menschen durch den Ort ziehen und überall an Türen und Fenster klopfen oder diese mit Sand, Erbsen oder kleinen Steinchen bewerfen. Wird ihnen geöffnet, singen sie oder bitten um Speis und Trank und revanchieren sich mit Segenswünschen. Woher dieser Brauch stammt und warum er ausgerechnet am Donnerstag stattfindet, weiß man heute nicht mehr so genau. Möglicherweise hängt er mit der Verehrung des germanischen Donnergottes Thor (Donar) zusammen, auf den ja auch das Wort Donnerstag zurückgeht und dessen Symbol ein Hammer war (aber ob er damit auch an Türen klopfte?).

Auch dieser Brauch dient der Zukunftsbeschwörung und wird noch im Spätmittelalter als nichtchristlicher Brauch erwähnt. Ab dem 16. Jahrhundert scheint das Betteln um milde Gaben deutlich im Vordergrund gestanden zu haben; deshalb wurde der Brauch später

sowohl von der evangelischen als auch von der katholischen Kirche noch vehementer bekämpft.
Fest steht, dass zu allen Zeiten in den dunkelsten Nächten des Jahres allerlei finstere und vermummte Gestalten durch die Siedlungen zogen, zum Teil erheblichen Lärm verursachten und allerlei Schabernack trieben. Sicher nicht nur aus religiösen Gründen.
Jean Paul, ein deutscher Dichter der Romantik (1763–1825), bemerkte dazu sehr hellsichtig: »Gänge in tiefer Dämmerung und halber Nacht berauschen und begeistern die Jugend.«

Vom Opfertier zum Weihnachtsplätzchen

Die wilden und unbarmherzigen Naturgötter mussten zu allen Zeiten besänftigt werden, damit sie nicht die Ernte verbrannten, die Felder überschwemmten oder im Winter das Vieh erfrieren ließen, sondern stattdessen den Menschen wohlgesonnen waren und Wärme und Fruchtbarkeit spendeten. Was taten die Menschen also? Sie huldigten ihnen und brachten ihnen Opfer dar. Der Julbock und der Juleber wurden schon erwähnt; das Räuchern gehörte ebenso dazu – aber auch das Backen spielte eine entscheidende Rolle. Gelang das Julbrot gut, so wussten unsere Vorfahren, dass auch das neue Jahr gut gelingen würde. Kultbrote wurden bei den Mittwinterfesten anstelle von Tieropfern mit den entsprechenden Symbolen wie Schwein, Hirsch oder Hahn verziert. In vielen Ländern spielen Kultbrote heute noch eine große Rolle; sie werden zu einem bestimmten Zeitpunkt gebacken und serviert, mit Symbolen verziert oder symbolisch zu einem Zopf geflochten, denn das Haar galt schon in der Antike als Sitz der Seele und der Kraft. Modeln aus Ton oder Holz machten es möglich, das Kultgebäck in die gewünschte

Form zu pressen – heute landet es dann als Lebkuchen auf dem Gabenteller oder als »Springerle« im Weihnachtsbaum.
Formen haben eine starke Symbolkraft: Rund wie unsere Weihnachtskringel waren die Sonnenräder, die einst im Schnee angezündet und zur Wintersonnenwende die Berge hinuntergerollt wurden; und wie seit Harry Potter jeder weiß, wehrt der geschlossene Kreis bösen Zauber ab.
Auch der Inhalt ist von Bedeutung. Den Germanen galt der Mohn als Heilpflanze und Aphrodisiakum. Fruchtbarkeitszauber spielten eine große Rolle in der vorchristlichen Welt, und neben dem Johannistag galten die Tage um die Wintersonnenwende als besonders geeignet für Liebeszauber.
Viele Jahrhunderte später hat sich der Mohn in Deutschland zu Weihnachten etabliert: als Orakel (wer am Andreasabend Mohn über sich wirft, dem zeigt sich der Zukünftige im Traum) und als Zauberspeise in Form von Mohnklößchen, Mohnstriezel und Mohnkuchen. Denn so wie die Mohnknödel am Heiligabend aufgehen, so soll auch das Glück (oder die Geldbörse oder die Familie) im nächsten Jahr wachsen und gedeihen!

10

Schlesische Mohnkringel

175 g Butter • 100 g Zucker • 1 Päckchen Vanillezucker
1 Prise Salz • 1 Ei • 100 g gemahlener Mohn • 250 g Mehl
4 EL Milch • 2 TL Puderzucker

Die Butter schaumig rühren, Zucker, Vanillezucker und Salz dazugeben. Ein Ei unterrühren. Mohn und Mehl mischen und ebenfalls unterrühren. Mit 4 EL Milch zu einem geschmeidigen Teig verarbeiten. Den Teig in einen Spritzbeutel mit gezackter Lochtülle füllen. Kleine Kreise auf ein mit Backpapier ausgelegtes Blech spritzen. Eine halbe Stunde kalt stellen, damit die Kringel beim Backen nicht zerlaufen. Auf der mittleren Schiene bei 175 Grad in 10–12 Minuten goldbraun backen. Anschließend auf einem Kuchengitter auskühlen lassen und zum Schluss mit Puderzucker bestäuben.

11

Die Zeit zwischen den Jahren

Mit dem ersten Weihnachtsfeiertag beginnen jene zwölf Nächte zwischen den Jahren, die als Zwölfernächte, Glöckelnächte, Unternächte, Raunächte oder auch als »Zeit zwischen den Jahren« bekannt sind. In manchen Gegenden beginnen die Raunächte auch am 21. Dezember und enden an Silvester. Der Grund für diese besonderen zwölf Nächte ist der Unterschied zwischen dem Sonnenjahr, das 365 Tage dauert, und dem Mondjahr, das elf Tage und zwölf Nächte kürzer ist. Bevor Julius Cäsar den Julianischen Kalender einführte, lagen diese elf Tage zwischen den Monaten wie ein Riss in der Zeit. Kein Wunder, dass die Menschen glaubten, durch diesen »Riss« im Zeitkontinuum könnten sich allerlei böse Mächte und die Geister der Verstorbenen zu ihnen hineindrängen. Da in dieser Zeit die Tür zwischen der diesseitigen und der jenseitigen Welt einen Spalt offen steht, eignet sie sich hervorragend für jede Art von Zauber, Wahrsagerei und Geisterbeschwörung, weshalb die Raunächte auch »Losnächte« genannt werden. Als besonders zauberkräftig und gefährlich galten die Nächte vom 21. auf den 22. Dezember (Winter-

sonnenwende, Thomasnacht), vom 24. auf den 25. Dezember (Heiligabend), vom 31. Dezember auf den 1. Januar (Silvester) und vom 5. auf den 6. Januar (Dreikönigstag). An diesen Tagen konnte man mithilfe bestimmter Rituale in die Zukunft schauen. Eine Reihe von Verhaltensvorschriften sollte außerdem sicherstellen, dass man nicht den Unwillen der bösen Geister auf sich zog. So durfte in dieser Zeit nicht gewaschen, gesponnen oder gebacken werden und alles musste tadellos sauber und aufgeräumt sein. Frauen und Kinder durften nach Einbruch der Dunkelheit das Haus nicht mehr verlassen, das Kartenspielen war verboten und bestimmte Tiere durften nicht beim Namen genannt werden, wie Wolf, Fuchs und Maus.
Zur Vorbereitung auf das neue Jahr wurde während der zwölf Raunächte außerdem mit Kräutern, Harzen und Hölzern geräuchert. Diese Räucherungen sollten negative Energien vertreiben und Haus und Stall vor bösen Geistern schützen.

12

WAS BRINGT DAS NEUE JAHR?

Den ganzen Dezember über wurden Orakel befragt, um einen Blick in die Zukunft zu werfen: Was würde das neue Jahr bringen? In einer vorwiegend landwirtschaftlich geprägten Gesellschaft drehten sich viele dieser Orakel verständlicherweise um das Wetter und die Ernte. So soll das Wetter der zwölf Raunächte das Wetter der zwölf Monate des kommenden Jahres voraussagen. Ebenso gab der Zustand des Inneren von zwölf Haselnüssen Auskunft über die kommenden zwölf Monate.

ZWÖLF TRÄUME

Die Träume während der Raunächte sollen angeblich einen besonders hohen Vorhersagewert haben. Jede Nacht steht für einen Monat des nächsten Jahres. Diese Methode können Sie verfeinern, indem Sie jeden Traum am nächsten Morgen so detailliert wie möglich notieren und dann in der Gesamtschau auf wiederkehrende Gefühle, Situationen oder auffällige Symbole achten, die in eine Gesamtanalyse einfließen.

Zwölf Wünsche

Schreiben Sie zwölf Wünsche für das nächste Jahr auf einen kleinen Zettel. Stecken Sie diese in zwölf Walnüsse, deren Hälften Sie zusammenkleben und die Sie dann vergoldet in den Weihnachtsbaum hängen. An Silvester oder am Dreikönigstag (Ihr Baum sollte dann natürlich noch stehen!) pflücken Sie eine Nuss vom Baum – und der Wunsch, der in dieser Nuss steckt, geht in Erfüllung!

Das Apfelorakel

Das Sprichwort, dass ein Apfel am Tag den Doktor fernhält, ist zwar jüngeren Datums, aber schon im Mittelalter galt: Ein zu Heiligabend verzehrter Apfel hält das ganze Jahr das Unglück fern. Konkreter wird es, wenn man an Heiligabend einen Apfel in zwei Hälften teilt. Sind alle Kerne ganz geblieben? Gutes Zeichen! Wie sieht das Kerngehäuse aus? Bildet es einen Stern, dann warten Glück und Gesundheit im neuen Jahr! Oder Sie schälen einen Apfel so, dass die Schale eine lange Schlange bildet. Dann werfen Sie die Schale an Heiligabend über Ihre rechte Schulter. Vielleicht verrät Ihnen die Schale ja den Anfangsbuchstaben des Namens Ihres oder Ihrer Zukünftigen.

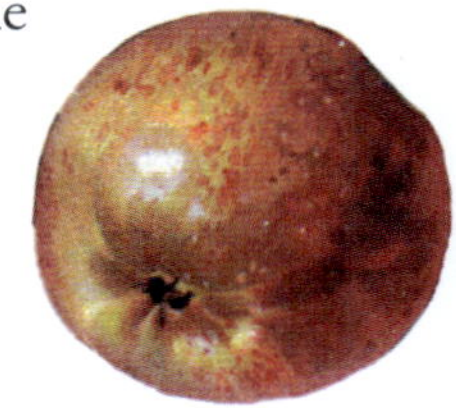

13

Die heilige Lucia und die wilde Perchta

Auch die Nacht des 13. Dezember war ursprünglich eine »Drudennacht«, eine Nacht der Albträume, Geister und Orakel. Denn erst 1582 wurde der gregorianische Kalender eingeführt, zunächst in den katholischen Ländern, fast 200 Jahre später dann auch in den protestantischen. Er ging von 365 Tagen im Jahr und einem Schaltjahr aus und legte den Jahresbeginn auf den 1. Januar fest, wodurch der 21. Dezember zum kürzesten Tag des Jahres wurde. Vorher war dies der 13. Dezember gewesen, der damit auch der Tag der Wintersonnenwende war.

In dieser Nacht gingen viele wilde Gestalten um, die prominenteste unter ihnen war die wilde Perchta. In Mitteldeutschland ist sie als Frau Holle bekannt (genau, die Kissen schüttelnde alte Dame aus dem Grimmschen Märchen) oder als Frau Hulda, im Norden als Frau Fricke oder Frau Wode. Hier zeigt sich, wer wirklich hinter diesem Namen steckt: nämlich Frija oder Fricka, die Gefährtin des germanischen Gottes Wotan. Sie braust in den Raunächten mit ihrem Gatten durch die Lüfte, die Seelen der Verstorbenen im Gefolge,

bringt Regen und Segen über das Land, bestraft die Faulen und die Unordentlichen, belohnt die Hilfsbereiten und Fleißigen. Es war deshalb ein ungeschriebenes Gesetz, dass in dieser Zeit das Haus sauber und in Ordnung sein musste. Die besonders Vorsichtigen stellten außerdem Speis und Trank aufs Dach, um die wilde Perchta gnädig zu stimmen.
Die Kirche sah dies mit Argwohn und beeilte sich, die mütterliche Naturgöttin zu einem dämonischen Weib umzudeuten und alle mit ihr verbundenen Kulthandlungen als Todsünde zu verdammen. Nun sollte die heilige Lucia Licht ins Dunkel der längsten Nacht bringen, eine verfolgte Christin aus dem 4. Jahrhundert, die der Sage nach ihren Genossen auf dem Weg zu verbotenen Gottesdiensten leuchtete.
Der schwedische Brauch, am Vorabend eine Luzienbraut zu krönen, die dann am nächsten Morgen mit weißem Kleid und Lichterkrone ihrer Familie frisch gebackene Lussekattor serviert, ist dagegen erst im 19. Jahrhundert entstanden.

14

Der Wald schläft

Friedlich schläft der Winterwald.
Raureif glitzert auf den Fichten.
Märchen werden zur Gestalt,
und es leben Spukgeschichten.

Ruprecht steigt herab ins Tal.
Unter tief verschneiten Tännchen
stapft der alte Rübezahl,
trippeln kleine Wichtelmännchen.

Brombeerstrauch und Seidelbast
schlummern an der Haselhecke.
Eichkatz träumt auf einem Ast
unter weißer Daunendecke.

Buchen ragen stark und alt
aus dem Schnee wie Patriarchen.
Friedlich schläft der Winterwald,
und man hört die Bäume schnarchen.

Fred Endrikat

15

Die wilde Jagd

Wenn in den dunklen Winternächten der Sturm mit wildem Heulen und Rauschen um die Häuser tobte, saßen unsere Ahnen eng zusammengerückt vor dem Feuer und malten sich aus, was da draußen wohl durch die Nacht raste. Die »wilde Jagd« sei wieder unterwegs, so erzählte man sich: Mit Donner, Blitz und Hagel, begleitet von Hundegebell und schrillem Pferdewiehern, reiten die Seelen der Verstorbenen durch die Lüfte.

Angeführt werden sie, je nach Region, vom Schimmelreiter, vom wilden Jäger, dem Helljäger oder dem Jäger Berchthold – und doch steckt hinter ihnen allen stets Wotan, dessen Name »der Rasende« oder »der Wütende« bedeutet. Er war der oberste germanische Gott, ein Wanderer und Heiler und zugleich der Totengott. Bei den Wikingern hieß er Odin. Begleitet wird er (siehe oben), oft von seiner Gattin Frija (Frau Holle, Perchta, Hulda …) der Windsbraut. Wer dem nächtlichen Totenzug begegnet, tut gut daran, mitten auf dem Weg zu bleiben, sich flach hinzuwerfen und die Augen abzuwenden, ansonsten kann es passieren, dass er von der wilden Jagd mitgerissen und womöglich weit entfernt wieder fallen gelassen wird.

In manchen Gegenden sagt man noch heute »Der Wode jagt«, wenn es nachts stürmt. In anderen Gegenden glaubte man stattdessen an einen Winddämon, den es zu besänftigen galt, indem man eine Handvoll Federn oder Mehl in die Luft warf, den Wind sozusagen fütterte: »Da hast du, lieber Wind, für dich und dein Kind!« Auch das Hinausstellen von Speisen aufs Dach war üblich, an denen sich die hungrigen Seelen der Verstorbenen laben sollten, die mit der wilden Jagd unterwegs waren. Ganz und gar tödlich enden konnte es jedoch, wenn während der Raunächte draußen Wäsche auf der Leine hing. Denn dann konnte es passieren, dass sich die Pferde, auf denen die wilden Reiter ums Haus galoppierten, darin verfingen – und das Kleidungsstück im kommenden Jahr zum Leichentuch des Besitzers wurde.

16

Der treue Eckart und der wilde Jäger

Der wilde Jäger fährt oft in sturmvollen Winternächten über den Wald, wenn Frau Holle ihr Bett ausschüttelt, dass die Schneeflocken wie Flaumfedern vom Himmel fallen, und die Frau Holle fährt auch mit ihm. Mit einer großen Zahl verdammter Geister wohnt er im Schoß des Hörseelberges, aber zu seiner Zeit kommt das Gelichter der Hölle heraus mit lautem Hallo und tobendem Jagdlärm. Da sieht man Gestalten zu Fuß und zu Ross, teils hoch in den Lüften, teils auf der Erde hin, im schnellen Jagen ziehen. Zuweilen erkennt man darunter Leute, die noch leben, auch andere, die schon verstorben sind. Mancher reitet auf einem dreibeinigen Pferd, mancher hat seinen Kopf unter den Arm genommen, ein anderer ist an ein Rad gebunden und das Rad läuft mit ihm um und um; der hat das Gesicht auf dem Rücken, ein anderer hat seine Beine auf die Achsel gehockt und kommt doch mit fort. Solch Gespenst zeigt sich in vielen Landen, in Thüringen hat es aber seinen vornehmlichen Sitz im Hörseelberg. Es ist immer nicht gut, wenn es einem begegnet, dass er es sieht oder hört, aber mancher Jäger und mancher Hirte oder Holzhauer wissen davon zu reden. Wenn nun der wilde Jäger mit seinem wütenden Heer herauszieht aus dem Zauberberg, so geht ihm jederzeit ein alter Mann voran, in der Richtung, in welcher das Höllengelichter ziehen will, ein alter Mann mit weißem Haar, der trägt einen weißen Stab in seiner Hand und das ist der treue Eckart. Wer diesem nun begegnen mag, der wird von ihm gewarnt, dass er zur Seite gehe oder sich niederwerfe und den Spuk nicht sehe, wenn er ihn auch hören muss. Das ist schon manchem begegnet mit dem treuen Eckart, und daher ist ein Sprichwort im Volke entstanden, das lautet: Du bist der treue Eckart, du warnst jedermann.

Wenn der Tag graut und der Hahn kräht, fährt alle der tolle Spuk wieder zum Hörseelberg hinein, den lässt der alte, treue Warner an sich vorüberziehen und setzt sich innen in die düstere Felsspalte, wo er harrt und wacht.

Man hat in früheren Zeiten oft den Boden vor der Höhle des Hörseelberges glatt gekehrt und dann am andern Tag Fußstapfen von Menschen und Tieren in großer Menge davor gefunden.

Ludwig Bechstein

17

Raunächte

Warum heißen die Nächte zwischen Weihnachten und dem Dreikönigstag »Raunächte«? Das raue Wetter mag eine Rolle spielen, wahrscheinlicher ist aber, dass die Bezeichnung auf das mittelhochdeutsche Wort »rûch« zurückgeht, das sowohl »Rauch« als auch »Pelz« bedeutet. Womit wir wieder bei den pelzbehangenen wilden Gestalten wären, die in der Adventszeit ihr Unwesen treiben. In den Raunächten sind es die Perchten, die auch heute noch während der zahlreichen Perchtenläufe im Alpenland bewundert werden können: in Tierfelle gekleidete gehörnte Gestalten mit furchterregenden Masken und lauten Schellen, die helfen, den Winter auszutreiben.

In seiner zweiten Bedeutung bezieht sich das Wort »rûch« auf den Brauch, in den Zwölfernächten Haus und Stall mit magischen Kräutern auszuräuchern. Dies diente einem doppelten Zweck: Zum einen war es ein Opfer für die Götter, zum anderen sollte es böse Geister fernhalten. Die Geschenke der drei Weisen aus dem Morgenland – Weihrauch und Myrrhe – sind traditionell die bevorzugten Räucherwaren des Christentums. Vor allem in katholischen Gegenden wurden in den vier Hauptnächten (Thomasnacht, Weihnacht, Silvester und Dreikönigstag) Häuser und Kirchen damit ausgeräuchert. In der vorchristlichen Zeit war es vor allem der Wacholder – nach germanischem Glauben der immergrüne Wächter an der Schwelle zwischen Leben und Tod, der die Dämonen fernhielt. Im Mittelalter galt Wacholderrauch als Schutz vor ansteckenden Krankheiten und noch heute werden in manchen Gegenden Kranken- und Sterbezimmer mit Wacholder gereinigt. Der Glaube an seine antidämonische Wirkung hielt sich bis weit ins 19. Jahrhundert. Neben Wacholder wurden Beifuß, Tannen- und Kiefernharz und getrocknete Fichtennadeln verwendet. In der Trudennacht am 13. Dezember wurden auch Schlehdornzweige auf die Räucherpfanne gelegt.

18

RÄUCHERN – SO GEHT'S

Früher ging der Hausherr, gefolgt von seiner Familie, durch das Haus und trug eine Pfanne mit glühenden Kohlen vor sich her, auf die das Räucherwerk gelegt wurde. Das können Sie natürlich heute auch noch so handhaben: Spezielle Räucherkohle und -pfannen oder Räucherkelche sind im Fachhandel erhältlich. Sobald die Kohlen durchgeglüht sind, geben Sie das Räucherwerk in kleinen Portionen darauf.

Eine andere Möglichkeit sind Räuchergefäße mit Sieb. Hier wird das Räucherwerk mithilfe eines Teelichtes verbrannt. Allerdings eignen sich diese Gefäße nicht zum Verbrennen von Harzen, die das Sieb verkleben. Dafür benötigen Sie einen Weihrauchbrenner.

Noch einfacher geht das Räuchern mit Räucherkerzen, entweder in einer Räucherschale oder klassisch in einem Räuchermännchen aus dem Erzgebirge. Diese Räucherkerzen werden speziell für Weihnachten hergestellt und sind deshalb auch in traditionell weihnachtlichen Duftrichtungen erhältlich.

Duftmischung zur Reinigung

2 TL Königskerze • 2 TL Wacholder • 1 TL Beifuß
1 TL Johanniskraut • 1 TL Thymian • 1 TL Kalmuswurzel
1 TL Fichtenharz

Weihnachtsräucherung nach Hildegard von Bingen

3 TL Weihrauch • 2 TL Myrrhe • 1 TL Zimtblüte
1 TL Muskat • ½ TL Nelken

Weihnachtliche Wohlfühlmischung

1 TL Kardamom • 1 TL Gewürznelken • 1 TL Sternanis
1 TL Hagebutte • 1 TL Orangenschale

Alle Zutaten mischen und in einem Mörser zerstoßen. Dann in kleinen Portionen in die Räucherschale oder auf die Kohlen geben.

19

Vom Baumkult zum Kultbaum

Im Jahr 723 fällte der heilige Bonifatius, der sich auf einer Missionarsreise im heutigen Hessen befand, eine alte Eiche. Es war ein Akt von großer Brutalität und starker Symbolkraft, denn es handelte sich dabei um das größte Heiligtum der dort ansässigen Chatten: die heilige Donareiche, die dem germanischen Gott Thor geweiht war.
51 Jahre später besiegelte Karl der Große die Christianisierung Deutschlands, indem er die Sachsen zum christlichen Glauben zwang und gleichzeitig ihr wichtigstes Heiligtum zerstörte: die Irminsul, einen großen Holzpfahl, der die »Weltesche«, den Weltenbaum der germanischen Mythologie, darstellte. Dem Baumkult der Kelten und Germanen sollte ein für alle Mal ein Ende gesetzt werden! Auch Tannen, Stechpalmen und Misteln wollten die Christen zur Weihnachtszeit nicht in den Kirchen und den Häusern sehen und belegten sie mit dem Bannfluch.
Und doch kam das heidnische Grün durch die Hintertür wieder ins Haus – und zwar in Gestalt von Weihnachtsbaum und Adventskranz! Denn im 15. Jahrhundert entstand in den Handwerkszünften

Deutschlands der Brauch, kleine Bäume mit Nüssen, Äpfeln und Papierblumen zu schmücken, damit die Kinder sie zu Weihnachten »plündern« konnten. Später, im Zuge der Verbürgerlichung des Weihnachtsfestes, wurde dieser Brauch auch von den Familien übernommen. Von Deutschland aus wurde er nach Österreich, England, Frankreich, Dänemark, Polen und Russland exportiert. Und während des Deutsch-Französischen Krieges 1870/71 wurden auf Befehl Kaiser Wilhelms für die deutschen Soldaten an der Front Weihnachtsbäume aufgestellt, als Symbol der heilen Weihnachtswelt. Die Weihnachtszeit als eine Zeit des Friedens, in der die Waffen ruhen sollen – auch das ist übrigens ein Brauch der Kelten und Germanen.

Die Tanne ist mehr warm als kalt und enthält zahlreiche Kräfte. Sie ist ein Sinnbild der Stärke. Geister hassen Tannenholz und vermeiden Orte, an denen sich solches befindet.

Hildegard von Bingen

20

Kletzenbrot

Am Vorabend des Thomastages war es früher üblich, ein Kletzenbrot zu backen, auch Früchtebrot oder Hutzelbrot genannt. Es durfte allerdings erst an Weihnachten gegessen werden. Während des Backens gingen die Frauen mit bemehlten Armen in den Garten und umarmten die Obstbäume – damit die Bäume im nächsten Jahr möglichst viel Obst abwarfen!

Kletzenbrot

(Rezept für zwei Brote)

300 g Trockenobst (Birnen, Zwetschgen, Feigen, Aprikosen)
50 g Datteln ohne Stein • 200 g Haselnüsse
150 g Zitronat und Orangeat (gemischt) • 100 ml Rum
2 TL Zimt • ½ TL gem. Nelken • 4 Pimentkörner
1 TL Anissamen • 150 g Roggenvollkornmehl • 50 g Weizenvollkornmehl • 1 Würfel frische Hefe (42 g) • 1 TL Zucker
200 ml Milch • 50 g Butter • 1 Pck. Vanillezucker • ½ TL Salz
50 g abgezogene Mandeln zum Verzieren

Das Trockenobst über Nacht in 375 ml Wasser einweichen. Am nächsten Tag in diesem Wasser aufkochen und bei schwacher Hitze weich kochen. Abgießen, Kochwasser auffangen, Früchte fein hacken. Datteln in Streifen schneiden, Haselnüsse halbieren, Zitronat und Orangeat fein hacken. Mit dem Trockenobst, Rum und Gewürzen mischen und zugedeckt ziehen lassen. Roggen- und Weizenmehl in eine Schüssel geben, Hefe in einer Mulde hineinbröckeln, mit Zucker und etwas Milch glatt rühren. 15 Minuten gehen lassen. In der Zwischenzeit die restliche Milch erwärmen und die Butter darin auflösen. Dann die lauwarme Milch, Vanillezucker und Salz zum Mehl geben, verkneten und zugedeckt 1 Stunde gehen lassen. Die Fruchtmischung unterkneten. Den Teig zu zwei länglichen Broten formen. Zwei Kastenformen mit Backpapier auslegen und die Brote darin 30 Minuten gehen lassen. Zuletzt die Brote mit dem Kochwasser der Trockenfrüchte bepinseln und den ganzen Mandeln verzieren.

Auf der untersten Schiene bei 180 Grad ca. 75 Minuten backen, dabei mehrmals mit dem Kochwasser bepinseln.

21

Thomastag und Wintersonnenwende

Der 21. Dezember ist der Tag der Wintersonnenwende und in den Alpenländern auch der Beginn der Raunächte. Die längste Nacht des Jahres eignet sich daher hervorragend für Orakel und Wahrsagerei. Der 21. Dezember wurde nicht zufällig der Tag des heiligen Apostels Thomas: Er war ja derjenige unter den Aposteln, der am längsten ungläubig war und erst an die Auferstehung Christi glaubte, als er seine Finger auf die Wundmale legte. Die Thomasnacht ist also die lange Nacht des Unglaubens und des Aberglaubens. In Süddeutschland und Österreich wird sie auch Rumpelnacht genannt. Hier geht der »Thama mit'm Hamma« um, eine eigenartige Verschmelzung aus dem heiligem Thomas und dem Donnergott Thor, und schlägt mit einem Hammer an die Stubentüren. In Nordfriesland dagegen pflegt man den Brauch des »Thamsen«: Junge Männer entwenden und verstecken alle möglichen Gerätschaften mit Rädern, wie Schubkarren, Fahrräder usw. Dies geht zurück auf die überlieferte Vorstellung,

dass zur Wintersonnenwende das Rad der Zeit stillsteht und sich erst nach dem Ende der zwölf Nächte wieder in Bewegung setzt.
Für die Thomasnacht gab es zahlreiche Orakelbräuche – die meisten waren Liebesorakel oder bezogen sich auf den Arbeitsplatz. Wer z. B. in der Nacht einen Schuh über seine Schulter warf, konnte erfahren, ob er im nächsten Jahr seine Stellung verlieren würde – je nachdem, ob die Schuhspitze zur Tür zeigte oder nicht. Junge Frauen, die wissen wollten, wen sie heiraten würden, stellten sich nackt vor das Bett und sagten: »Bettstattl, i tritt di, heiliger Thomas, i bitt di, lass mir heut Nacht erschein' den Herzallerliebsten mein.« Und wer sich in der Thomasnacht verkehrt herum ins Bett legte, mit dem Kopf zum Fußende, dem sollte im Traum die Zukunft vorausgesagt werden.

13 WÜNSCHE

Schreiben Sie 13 Wünsche auf 13 Zettel, die Sie zusammenfalten. In jeder Raunacht verbrennen Sie einen und überlassen die Erfüllung dem Schicksal. Der Wunsch auf dem dreizehnten Zettel soll durch eigenes Handeln wahr werden.

22

FÄHRMANN, HOL ÜBER!

(Sage aus Deutschland)

Ein Fährmann an einem Fluss hatte schon Feierabend gemacht, denn die Dunkelheit war hereingebrochen. Da hörte er plötzlich, wie jemand vom anderen Ufer rief: »Hol über!« Seufzend warf er seinen Mantel über und nahm die Laterne vom Haken.
Als er die Hüttentür öffnete, fuhr ihm der Wind ins Gesicht. Der Fährmann wunderte sich, denn im Haus hatte er keinen Sturm vernommen. Jetzt aber war der Wind so stark, dass er sich gegen ihn stemmen musste, und die Nacht war so finster, dass er die Hand nicht vor Augen sehen konnte. Er lief hinunter zum Steg und begann, am Tau zu ziehen, um sich mit der Fähre ans andere Ufer zu bringen. Er machte fest, aber als er die Laterne hob, um zu sehen, wer ihn gerufen hatte, fiel sie ihm aus der Hand und erlosch.
»Fährmann, welchen Lohn verlangst du für Pferd und Reiter?«, fragte eine Stimme aus dem Dunkel. Der Fährmann nannte einen Preis und versuchte zu erkennen, wer vor ihm stand, aber er konnte nichts sehen. Doch nun hörte er Hufgeklapper und Schnauben, und die Fähre senkte sich unter dem Gewicht von vielen Pferden. Es wurde

eiskalt um ihn herum. Wieder sprach die Stimme: »Fährmann, setz über!« Der Sturm heulte, als der Fährmann schaudernd die Fähre losmachte und übersetzte. Obwohl sie schwer beladen war, ging es ihm leicht von der Hand. Am anderen Ufer angekommen, fragte er seinen Fahrgast, wie viele Reiter und Pferde er berechnen solle. Aber statt einer Antwort fuhr ihm ein kalter Wind ins Gesicht und er spürte, wie ihm etwas in die Hand gedrückt wurde, das sich anfühlte wie ein Beutel voller Geldstücke. Schweißnass vor Angst wankte der Fährmann auf seine Hütte zu und fiel erschöpft auf sein Lager. Am nächsten Morgen dachte er, alles nur geträumt zu haben. Doch dann sah er auf den Holzbohlen der Fähre die Abdrücke von Hufeisen wie mit Feuer eingebrannt. Und nun verstand er, wen er am Abend zuvor übergesetzt hatte: Niemand anders als Wotan und seine wilden Gefährten! Zitternd wankte er ins Haus zurück. Dort fand er den Geldbeutel, aber es waren keine Kupfermünzen darin, sondern pures Gold. Nun holte er seinen Kalender hervor und sah, dass die vergangene Nacht die erste Nacht der zwölf Nächte gewesen war. Und als er in den Spiegel sah, stellte er fest, dass sein Haar über Nacht schlohweiß geworden war.

23

Tiere sprechen in der Weihnachtsnacht

Altem, längst erloschenem Volksglauben zufolge vermögen die Haustiere in der Weihnachtszeit zu sprechen. Gern unterhalten sie sich darüber, wie sie von Menschen im Laufe des Jahres behandelt wurden. Aber auch die Zukunft liegt vor ihnen offen. Im Molltale (Kärnten) lebte ein Bauer, der wollte gern wissen, ob es wahr sei, dass in der Christnacht die Rinder menschliche Sprache bekämen und miteinander die Schicksale der Hofgemeinschaft im kommenden Jahr beredeten. Er hatte gehört, dass sich Knechte in früherer Zeit oft während dieser Nacht auf Farnkraut in die Futtertröge der Stalltiere gelegt hätten, um ihr Gespräch zu belauschen. Trockenes Farnkraut hatte der Bauer – er brauchte es zum Einstreuen –, und so ging er am Christabend in den Stall und legte sich auf seine Farnkrautstreu.

Als er eintrat, erhoben sich die Tiere aus dem Lager. Er wartete, um Mitternacht hörte er, wie der Ochse zum anderen sprach: »Im kommenden Jahr wird mich der Schinder vom Haus führen. Du bleibst da, doch am nächsten Christtage wird die Bäuerin dein Fleisch auf den Tisch stellen. Und daran wird der Knecht schuld sein, der uns füttert.«

Da hatte der Bauer genug gehört, stand auf und ging zur Tür. Aber als er am Türpfosten stand, hörte er den Ochsen weitersprechen: »Und den Holzstock, der dort an der Tür steht, den werden wir beide bald auf den Friedhof ziehen, und die Bäuerin wird den Knecht heiraten.« Als der Lauscher inneward, dass er damit selber gemeint war, fiel er vor Schreck zu Boden, und am nächsten Tag fand man ihn tot im Stall. Auch alles andere, was das Tier vorhergesagt hatte, traf ein.

Der erste Ochse verendete im Laufe des Jahres an einer Seuche; der Schinder schaffte ihn fort. Der andere wurde zur Christnacht geschlachtet, sein Fleisch kam als Festbraten auf den Tisch. Und der Knecht heiratete die verwitwete Bäuerin.

Friedrich Sieber

24

VOM JULKLOTZ ZUM METTENSTOCK

Eine bäuerliche Tradition aus dem Mittelalter, die es in ganz Europa gibt, ist das Weihnachtsscheit: ein großer Holzklotz, der an Heiligabend in den Kamin gelegt wurde. Seine Asche sollte Segen bringen, wurde sorgfältig aufbewahrt und im Frühjahr auf die Felder gestreut, um die Ernte zu schützen. Auch diese Tradition geht auf die vorchristliche Zeit zurück, als die Germanen, Kelten und Wikinger ihr Julfest mit großen Feuern feierten. In Frankreich entwickelte sich daraus die »Bûche de Noël«, die nach alter Tradition mit Rotwein übergossen und in den Kamin gestellt wird, und schließlich sogar ein Biskuitkuchen in Holzscheitform, der an Weihnachten als Dessert serviert wird. In Skandinavien gibt es heute noch den »Julblock«, in England den »Yule log«. In Deutschland gab es den »Mettenstock«, der aufs Feuer kam, bevor die ganze Familie das Haus verließ, um zur Christmette zu gehen. Er musste möglichst groß, harzig und gut durchgetrocknet sein und mindestens so lange

brennen, bis alle von der Mitternachtsmesse zurück waren. Oft wurde er mit Wacholderzweigen geschmückt, die noch ganz nebenbei gut rochen und böse Geister vertreiben sollten. Und selbstverständlich diente das Weihnachtsscheit auch als Orakel: Wenn es Funken sprühte, verhieß es ein gutes Jahr, wenn der Feuerschein Schatten warf, sagte er einen Todesfall in der Familie voraus. Man warf auch Getreidekörner oder Münzen ins Feuer, damit beides im nächsten Jahr reichlich vorhanden sei.

Das Feuer mag für unsere heidnischen Ahnen sehr viel lebenswichtiger gewesen sein als für uns in unseren geheizten und gut isolierten Wohnhäusern, doch die Botschaft dieses Rituals ist auch heute noch aktuell: In langen, kalten, dunklen Nächten darf das Feuer – und damit die Hoffnung und das Leben – niemals erlöschen!

FROHE WEIHNACHTEN!

Barbara Behr Edition

FSC
www.fsc.org
MIX
Papier | Fördert gute Waldnutzung
FSC® C008047

5 4 3 2 1 29 28 27 26 25

ISBN 978-3-649-65038-6

Text: Susan Niessen
Illustrationen: Barbara Behr
Gestaltung: Helene Hillebrand
Redaktion: Valerie Flakowski

www.coppenrath.de